Edito

Hello Mes Petits Poi(d)s Gourmands!

Aujourd'hui je vous propose un livre spécial!

Car c'est la compilation de vos recettes préférées qui sont disponibles sur mon site!

*Ambre,
Créatrice de petitpoidsgourmand*

J'ai eu envie de mettre par écrit les recettes que vous aimez le plus afin de vous faciliter la tâche en n'ayant plus à chercher sur le site!

Ainsi vous allez gagner un temps fou puisqu'elles seront à portée de main dans cet ouvrage...vous n'avez plus qu'à piocher!

Bien évidemment j'y ai rajouté de nouvelles recettes inédites et exclusives...pour vous régaler!

J'espère que vous prendrez autant de plaisir à déguster toutes ces merveilleuses recettes que j'en ai eu à les créer!

Pour que vos repas soient toujours Légers et Gourmands,

Ambre

SOMMAIRE

SUCRÉ

Briochette individuelle	p.4
Bouchées façon Bounty	p.5
Fondants Chocolat légers	p.6
Barres façon Crumble aux Myrtilles	p.7
Porridge Overnight au Biscoff	p.8
Minis muffins banana fourrés chocolat	p.9
Bowlcake façon Kinder Bueno	p.10
Crumpets à l'Anglaise	p.11
Bowcake façon Raffaello	p.12
Petit Pain moelleux Fraise chocolat blanc	p.13
Muffin Géant Double chocolat	p.14
Pancake Géant Banane/Chocolat/Amandes	p.15
Triffle au Petit Beurre	p.16
Fondant à la Banane	p.17
Cookimou	p.18
Invisible aux Pommes individuel	p.19
Gaufres légères aux pépites de chocolat	p.20
Floc'Tiramisù	p.21
Gâteau Healthy	p.22
Cookies Gourmands	p.23

SALÉ

Tarte Potimarron/Comté/Noix	p.25
Quiche sans pâte Chèvre et Miel	p.26
Moelleux salé au Chorizo	p.27
One-Pot-Pasta Poulet sauce Alfredo	p.28
Cake aux Courgettes	p.29
Quiche Lorraine Légère	p.30
Riz Cantonais	p.31
Crumble au Butternut/Bacon/Oignons	p.32
Parmentier de Saumon	p.33
Frittata Féta/Poivron/Pesto Rosso	p.34
Poulet au Chorizo	p.35
Pancake Géant au Bacon	p.36
Bowlcake façon Croque-Monsieur	p.37
Falafels à la Patate Douce	p.38
Velouté de Butternut aux lentilles corail	p.39
Courgiflette	p.40
Naans au Fromage	p.41
Gaufres Lardons / Fromage	p.42
Roulés au Parmesan	p.43
Blanquette de Poisson	p.44

NOUVEAUTES INEDITES

Scones légers aux pépites de chocolat	p.46
Beignets au four légers	p.47
Gâteau de semoule à l'orange	p.48
Crumble Banane et Chocolat	p.49
Brioche légère	p.50
Nuggets de poulet	p.51
Croque Pizza	p.52
Gratin de pâtes Epinards/Chèvre frais	p.53
Risotto de poulet au curry	p.54
Flans aux Courgettes	p.55

3 JOURS DE MENUS PPG	p.56
10 EXCUSES SUR LA PERTE DE POIDS	p.59

Sucré

Briochette individuelle
Bouchées façon Bounty
Fondants Chocolat légers
Barres façon Crumble aux Myrtilles
Porridge Overnight au Biscoff
Minis muffins banana fourrés chocolat
Bowlcake façon Kinder Bueno
Crumpets à l'Anglaise
Bowcake façon Raffaello
Petit Pain moelleux Fraise chocolat blanc
Muffin Géant Double chocolat
Pancake Géant
Banane/Chocolat/Amandes
Triffle au Petit Beurre
Fondant à la Banane
Cookimou
Invisible aux Pommes individuel
Gaufres légères aux pépites de chocolat
Floc'Tiramisù
Gateau Healthy
Cookies Gourmands

BRIOCHETTE NDIVIDUELLE
Pour un plaisir en solo!

141kcal

QUANTITE : X1   PREPARATION : 5MIN   CUISSON : 14MIN

INGREDIENTS

30g de farine
1cc de levure chimique
1 petite pincée de sel
1 pincée de sucre
1 blanc d'oeuf émulsionné
15g de philadelphia light

PREPARATION

Préchauffer le four à 180.

Dans un bol mélanger le blanc d'oeuf avec le Philadelphia de façon homogène.

A part, mélanger la farine avec la levure, le sel et le sucre.

Puis mélanger les deux préparations, verser dans un petit moule individuel et enfourner pour 14min (vérifier car le temps de cuisson varie selon les fours!)

NOTES

Une petite briochette individuelle pour se lever du bon pied!

BOUCHEES FACON BOUNTY

64kcal / bouchée

QUANTITE : X16   PREPARATION : 5MIN   REPOS : 30MIN

INGREDIENTS

100g de noix de coco en poudre
70ml de crème de coco
30ml de sirop d'agave
30g de chocolat noir
50ml de creme légère a 4%

PREPARATION

Mélanger la noix de coco avec la crème de coco et le sirop d'agave puis former des boules et les mettre au congélateur environ 30min.

Faire fondre le chocolat noir avec la crème à 4% 1min au micro ondes puis bien mélanger jusqu'à ce qu'on ai une crème homogène.

Piquer chaque boule avec un cure dent et les tremper dans le chocolat, laisser durcir un peu et c'est prêt à déguster!

NOTES
Hummmm des Bountys Maison comme des vrais!

FONDANTS AU CHOCOLAT LEGERS

74kcal / fondant

QUANTITE: X10   PREPARATION : 10MIN   CUISSON : 10MIN

INGREDIENTS

250g de compote de pommes sans sucres
2 œufs
35g de cacao non sucré
50g de farine
25g de sucre non raffiné
1cs rase de levure chimique
1 pincée de sel

PREPARATION

Préchauffer le four à 180*

Tout d'abord séparer les jaunes des blancs d'oeuf dans 2 saladiers différents et monter les blancs en neige.

Mélanger les jaunes avec la compote, le cacao, la farine, la levure, le sucre et le sel puis incorporez délicatement les blancs en neige.

Verser la préparation dans 10 empreintes en silicone puis enfourner 10min et bien laisser refroidir avant de vous régaler!

NOTES
Parfaits pour les envies irrésistibles de chocolat!

BARRES FACON CRUMBLE AUX MYRTILLES

111kcal / Barre

QUANTITE: X6   PREPARATION : 20MIN   CUISSON : 30MIN

INGREDIENTS

280g de myrtilles
1cc de Maizena
100ml d'eau
2 bananes écrasées
75g de flocons d'avoine
50g de compote sans sucres
50ml de lait écrémé
10ml de sirop d'agave

PREPARATION

Préchauffer le four à 180*

Mettre les Myrtilles, la Maizena et l'eau dans une casserole puis faire cuire à feu doux en remuant régulièrement pendant 15min (jusqu'à obtenir une consistance de confiture).

Pendant ce temps melanger les bananes écrasées avec les flocons d'avoine, la compote, le lait et le sirop d'agave puis laisser gonfler.

Mettre 1 feuille de papier sulfurisé dans un moule allant au four puis verser la préparation a la banane.
Lorsque les myrtilles sont cuites les verser sur la préparation dans le moule, faire cuire 30min et bien laisser refroidir avant de découper les portions (au moins 1h)

NOTES
Idéales pour une collation légère et gourmande!

PORRIDGE OVERNIGHT AU BISCOFF

111kcal / Barre

QUANTITE: X1   PREPARATION : 5MIN + 1 NUIT   CUISSON : NON

INGREDIENTS

45g de flocons d'avoine
30g de fromage blanc 0%
30g de compote
100ml de lait écrémé
1cc de pâte de Speculoos (Biscoff)
5ml de sirop d'agave

PREPARATION

Dans un ramequin bien mélanger les flocons d'avoine avec le fromage blanc, la compote et le lait jusqu'à obtention d'une texture homogène

Couvrir la préparation et la laisser reposer au frigo toute la nuit.

Le lendemain matin, mettre la pâte de Speculoos et le sirop d'agave à fondre environ 20sec au micro ondes, bien mélanger et verser sur le Porridge avant de déguster!

NOTES
Ou comment commencer sa journée de bon pied gourmand!

MINIS MUFFINS BANANE FOURRES CHOCO

67kcal / muffin

QUANTITE: X12 PREPARATION : 5MIN CUISSON : 15MIN

INGREDIENTS

115g de flocons d'avoine mixés
1 blanc d'oeuf
2 bananes
1cc d'extrait de vanille
1 pincée de sel
1/2 sachet de levure chimique
25g de chocolat noir

PREPARATION

Préchauffer le four à 180*

Dans le bol d'un mixeur mettre les bananes, le blanc d'oeuf et la vanille puis mixer jusqu'à ce que ça soit lisse.

Dans un saladier mélanger les flocons d'avoine avec le sel et la levure puis mettre le mélange aux bananes et bien mélanger.

Mettre 1cc de pâte dans chaque empreinte à muffin, puis la moitié d'un carreau de chocolat, puis recouvrir avec le restant de pâte avant d'enfourner 15min

NOTES
Une tuerie ces petits muffins délicieusement chocolatés!

BOWLCAKE FACON KINDER BUENO

244kcal

QUANTITE: X1 PREPARATION : 5MIN CUISSON : 3MIN

INGREDIENTS

Bowlcake :
- 1 blanc d'oeuf
- 15g de semoule de blé fine (ou flocons d'avoine)
- 100g de compote
- 4g de cacao non sucré type Van houten
- 1cc de Pâte de pralin (ou puree de noisettes)

Ganache chocolat :
- 5g de cacao non sucré type Van houten
- 8ml de sirop d'agave
- 10ml de crème légère 4%MG
- 1 crêpe dentelle

PREPARATION

Dans un bol mélanger le blanc d'oeuf, la semoule, la compote et le cacao puis faire cuire environ 3min au micro ondes (ajuster selon votre propre four)

Laisser refroidir et préparer la ganache en mélangeant le cacao, le sirop d'agave et la crème jusqu'à ce que ça soit homogène.

Mettre la pâte de pralin sur le bowlcake, émietter la crêpe dentelle et napper de la ganache au chocolat...fermer les yeux et déguster!

NOTES
Existe t-il un plus beau moyen de commencer la journée?

CRUMPETS A L'ANGLAISE

52kcal / crumpet

QUANTITE: X9   PREPARATION : 45MIN   CUISSON : 30MIN

INGREDIENTS

125g de farine
100ml d'eau tiede
100ml de lait tiede
1cc de levure chimique
1 pincee de sel
1 ou 2cc de Stévia

PREPARATION

Mélanger la farine, la Stevia, la levure, le sel, l'eau et le lait dans un saladier jusqu'à obtention d'une pâte homogène.

Laisser reposer la pâte 45min au chaud (pour moi repos toute la nuit en prévision du petit dej!)

Faire chauffer une poêle et la graisser avec un coton imbibé d'huile.

Une fois bien chaude verser 2 cs de pâte bien espacée (j'ai utilisé des ronds a pâtisserie). Laisser cuire chaque crumpet 3 min de chaque côté et déguster!

NOTES
Parfaits pour essayer une variation des pancakes!

BOWLCAKE FACON RAFFAELLO

208 calories

QUANTITE: X1   PREPARATION : 5MIN   CUISSON : 3MIN

INGREDIENTS

Bowlcake :

15g de semoule fine crue

5g de poudre d'amandes

1 blanc d'oeuf

90g de compote de pommes sans sucres

Ganache :

5g de chocolat blanc

13ml de crème légère a 4%MG

4g de noix de coco râpée

PREPARATION

Dans un bol mélanger la semoule, la poudre d'amandes, le blanc d'oeuf et la compote puis faire cuire environ 3min au micro ondes.

Pendant ce temps préparer la ganache en faisant fondre le chocolat blanc avec la crème 30sec au micro ondes.

Verser dans une assiette plate.

Quand le bowlcake est cuit le rouler de tous les côtés dans la crème au chocolat blanc puis dans la noix de coco...et déguster !

NOTES
Un de vos bowlcakes préférés...et on comprend pourquoi!

PETIT PAIN MOELLEUX FRAISES CHOCOLAT BLANC
220 calories

QUANTITE: X1   PREPARATION : 5MIN   CUISSON : 15MIN

INGREDIENTS

Petit pain :

35g de flocons d'avoine mixés très fin
30g de Skyr ou fromage blanc 0%
30g de compote de pommes sans sucres
1 pincée de sel
1cc de levure chimique
1cc de stevia (facultatif)

Garniture :

5g de chocolat blanc
13ml de creme légère à 4%
Fraises

PREPARATION

Préchauffer le four à 180*

Bien mélanger tous les ingrédients du petit pain, mettre dans un petit moule légèrement huile et faire cuire 15min.

Préparer la crème en mettant le chocolat et la crème dans un récipient et faire fondre 30sec au micro ondes puis laisser refroidir.

Quand le petit pain est cuit, le couper en 2, mettre la crème et les fraises, l'autre moitié du pain et déguster!

NOTES
Une de mes recettes préférées et déclinable à l'infini!

MUFFIN GEANT DOUBLE CHOCO

232 calories

QUANTITE: X1   PREPARATION : 5MIN   CUISSON : 15MIN

INGREDIENTS

50g de compote de pommes SSA

1 blanc d'oeuf

35g de farine

1 pincée de levure et de sel

9g de cacao non sucré type Van houten

1cc de Stevia

1 carreau de chocolat soit 5g

PREPARATION

Préchauffer le four a 170*

Mélanger tous les ingrédients sauf le carré de chocolat puis mettre la préparation dans un ramequin et aire cuire 15min.

Lorsqu'il est cuit et encore chaud, incruster le carreau de chocolat sur le dessus avant de déguster!

NOTES
Un énooorme muffin à déguster sans complexes!

PANCAKE GEANT BANANE/CHOCO/AMANDES

310kcal

QUANTITE: X1 PREPARATION : 5MIN CUISSON : 7MIN

INGREDIENTS

Pancake :
- 1 blanc d'oeuf
- 70g de Skyr (ou fromage blanc 0%)
- 30g de flocons d'avoine mixés (ou farine d'avoine)

Toppings :
Ma Sauce Chocolat :
- 3g de cacao non sucré type Van houten
- 2ml de sirop d'agave
- 13ml de crème légère 4%
- 1 banane
- Quelques amandes effilées

PREPARATION

Huiler une poêle avec du coton imbibé d'huile puis faire chauffer à feu doux.

Dans un bol bien mélanger le blanc d'oeuf avec le Skyr et les flocons d'avoine puis verser la préparation dans la poêle et laisser cuire environ 5min.

Retourner et faire cuire l'autre côté environ 2min.

Preparer la sauce en mélangeant le sirop d'agave, le cacao et la crème.

Mettre sur le pancake la sauce, une banane en rondelles et les amandes avant de déguster!

NOTES
Pour un petit-déjeuner hyper gourmand!

VEGGIE

TRIFLE POMME/CANNELLE AU PETIT BEURRE

205kcal

QUANTITE: X1   PREPARATION : 5MIN   CUISSON : 2MIN30

INGREDIENTS

100g de Skyr (ou fromage blanc 0%)
100g de compote de pommes SSA
1 pomme en petit morceaux
1cc de Stevia
1cc rase de cannelle
1 petit beurre

PREPARATION

Mettre les morceaux de pomme dans un bol avec un fond d'eau et les faire cuire au micro ondes environ 2min30 pour qu'ils soient fondants puis vider l'eau et les mélanger avec la cannelle

Dans un verre ou une coupe alterner le Skyr et la compote puis finir par les morceaux de pomme et émietter le petit beurre dessus!

NOTES
Vous avez été très nombreuses à ADORER cette recette!

FONDANT A LA BANANE

166kcal / Part

QUANTITE: X6 PREPARATION : 5MIN CUISSON : 20MIN

INGREDIENTS

Fondant :
- 2 bananes
- 3 œufs
- 187ml de crème légère à 4%
- 95g de flocons d'avoine mixés grossièrement
- 23ml de sirop d'agave
- 1/2 sachet de levure chimique
- 1 pincée de sel

Crème chocolat :
- 3g de cacao en poudre type Van Houten
- 2ml de sirop d'agave
- 13ml de crème légère à 4%

PREPARATION

Préchauffer le four a 180*

Mixer les bananes, les œufs, la crème et le sirop d'agave puis mélanger cette préparation avec les flocons d'avoine, la levure et le sel.

Verser dans un moule à gâteau de 18cm environ puis enfourner 20min et le laisser refroidir complètement.

Préparer la sauce en mélangeant le cacao, le sirop d'agave et la crème et en napper le fondant juste avant de déguster!

NOTES
Si fondant et si gourmand qu'on en redemande!

COOKIMOU

 227kcal

QUANTITE: X1　　PREPARATION : 5MIN　　CUISSON : 4MIN

INGREDIENTS

1 petite banane écrasée
35g de flocons d'avoine
5g de pépites de chocolat

PREPARATION

Dans un bol mélanger la banane, les flocons et le chocolat

Puis verser sur une assiette et faire une forme en rond comme un cookie

Cuire 4min au micro ondes (ajuster selon votre four)

NOTES
Idéal pour les envies pressées d'une douceur légère!

INVISIBLE AUX POMMES INDIVIDUEL

178kcal

QUANTITE: X1   PREPARATION : 5MIN   CUISSON : 30MIN

INGREDIENTS

25g de farine
1 blanc d'oeuf (ou œuf entier)
50ml de lait demi écrémé
1cs de Stevia (ou autre sucrant)
1 pincée de levure chimique
1cc d'extrait de vanille (facultatif)
1 petite pomme pelée et coupée en tranches très fines à l'économe ou la mandoline

PREPARATION

Préchauffer le four a 200*

Dans un saladier mélanger la farine, le blanc d'oeuf, le lait, la Stevia, la levure, la vanille et la pomme puis verser dans un ramequin recouvert de papier sulfurisé et enfourner pour 30min.

Bien attendre qu'il ai refroidi complètement avant de démouler.

NOTES
Parce qu'on a le droit de vouloir se faire un petit plaisir perso!

GAUFRES LEGERES AUX PEPITES DE CHOCOLAT

92kcal / gaufre

QUANTITE: X12 **PREPARATION : 5MIN** **CUISSON : 25MIN**

INGREDIENTS

- 2 œufs
- 100g de fromage blanc 0% (ou skyr)
- 200g de compote de pommes
- 195g de farine
- 1 pincée de levure
- 1 petite pincée de sel
- 15g de pépites de chocolat

PREPARATION

Dans un saladier bien mélanger les œufs avec le fromage blanc et la compote

Ajouter la farine, la levure, le sel et le chocolat jusqu'à obtention d'une pâte bien homogène

Mettre 1cs de pâte par gaufre et les cuire environ 5min chacune dans un appareil à gaufres

NOTES

Qui n'aime pas les gaufres? Encore plus quand elles sont chocolatées?

FLOC' TIRAMISU

217kcal

QUANTITE: X1   PREPARATION : 5MIN   CUISSON : 0MIN

INGREDIENTS

35g de flocons d'avoine
1cc de café soluble dilué dans 100ml d'eau chaude
1cc d'edulcorant naturel
130g de fromage blanc 0%
10g de Philadelphia (facultatif)
13ml de crème légère 4%MG
2cc d'édulcorant naturel

PREPARATION

Mettre les flocons d'avoine et l'édulcorant dans un bol, verser l'eau chaude et laisser gonfler environ 5min.

Dans un autre bol mélanger le fromage blanc avec le Philadelphia, la crème et l'édulcorant.

Dans un grand verre ou bol, mettre la moitié des flocons, la moitié du fromage blanc, le restant des flocons et le restant du fromage blanc. Saupoudrer légèrement de cacao non sucré et déguster!

NOTES
Quoi de mieux qu'un Tiramisù sain et gourmand?

GATEAU HEALTHY

236 Calories / Part

QUANTITE: X6   PREPARATION : 5MIN   CUISSON : 30MIN

INGREDIENTS

3 Oeufs
3 bananes (ou 300g de compote ou 300g de fromage blanc 3%MG)
30g de pépites de chocolat
180g de flocons d'avoine
Sucrant si vous n'utilisez pas de bananes

PREPARATION

Préchauffer le four à 180°

Mixer les bananes ou les écraser avec une fourchette jusqu'à obtention d'une purée uniforme

Dans un saladier bien mélanger la purée de banane avec les oeufs battus, les pépites de chocolat et les flocons d'avoine

Huiler légèrement un moule allant au four s'il n'est pas en silicone à l'aide du pinceau imbibé d'huile puis verser la préparation et enfourner pour 30min (ajuster selon votre four)

NOTES
Voici une recette parfaite pour avoir tous ses petits-déjeuners de la semaine prêts!

COOKIES GOURMANDS

94 Calories / Cookie

QUANTITE: X18   PREPARATION : 5MIN   CUISSON : 12MIN

INGREDIENTS

185g de farine ou farine sans gluten
60g de sucre brun Muscovado (non raffiné)
50ml de lait demi-écrémé
70ml d'huile de coco ou autre huile
35g de pépites de chocolat
1cc de levure chimique
1 petite pincée de sel

PREPARATION

Préchauffer le four à 180°

Dans un saladier, mélanger la farine, le sucre, la levure, le sel puis ajouter le lait et l'huile de coco fondue

Malaxer puis ajouter les pépites de chocolat.

Former une boule homogène

Prélever l'équivalent d'une noix de pâte, la rouler dans ses mains puis la déposer sur la plaque du four recouverte de papier sulfurisé

Répéter l'opération jusqu'à épuisement de la pâte puis enfourner pour 12min (ajuster selon votre four). Laisser refroidir avant de déguster

NOTES
Ces petits cookies sauront conquérir le coeur des petits comme des grands!

Salé

Tarte Potimarron/Comté/Noix
Quiche sans pâte Chèvre et Miel
Moelleux salé au Chorizo
One-Pot-Pasta Poulet sauce Alfredo
Cake aux Courgettes
Quiche Lorraine Légère
Riz Cantonais
Crumble aux légumes du Soleil
Parmentier de Saumon
Frittata à la Féta
Poulet au Chorizo
Pancake Géant au Bacon
Bowlcake façon Croque-Monsieur
Falafels à la Patate Douce
Velouté de Butternut aux lentilles corail
Courgiflette
Naans au Fromage
Gaufres Lardons / Fromage
Roulés au Parmesan
Blanquette de Poisson

TARTE POTIMARRON/COMTE/NOIX

277kcal / personne

QUANTITE: X6   PREPARATION : 25MIN   CUISSON : 30MIN

INGREDIENTS

Tarte:

200g de farine
1 œuf
130g de fromage blanc 0%

Appareil:

1 potimarron
2 échalotes
1 gousse d'ail
1cc d'huile d'olive
10g de noix concassées
2 œufs
200ml de crème semi épaisse a 4%MG
40g de comté râpé
Sel / poivre/ muscade

PREPARATION

Ouvrir le potimarron, l'épépiner, le couper en morceaux et le faire cuire à la vapeur (cocotte minute 20min pour moi)

Faire chauffer l'huile dans une poêle et faire revenir les échalotes et l'ail émincés jusqu'à ce qu'ils soient dorés (ajouter de l'eau si besoin)

Pendant ce temps préparer la pâte à tarte en mélangeant la farine, l'oeuf et le fromage blanc avec les mains jusqua obtention d'une boule homogène. Étaler sur du papier sulfurisé et mettre dans un plat à tarte puis piquer avec une fourchette et enfourner à blanc 10min à 180.

Lorsque le potimarron est cuit l'écraser avec une fourchette puis le mettre sur le fond de tarte cuit avec le mélange echalotes/ail.

Préparer l'appareil en mélangeant les œufs avec la crème, assaisonner puis verser sur le potimarron.

Parsemer avec les noix, le comté puis enfourner 20min à 180°

NOTES

Voici une délicieuse tarte salée idéale pour le repas du soir!

QUICHE SANS PÂTE CHEVRE ET MIEL

234kcal / personne

QUANTITE: X4   PREPARATION : 5MIN   CUISSON : 40MIN

INGREDIENTS

- 85g de farine
- 3 œufs
- 350ml de lait écrémé
- 60g de fromage de chèvre frais
- Sel / poivre / muscade
- 2cc de miel
- 15g de pignons de pin

PREPARATION

Préchauffer le four à 180*

Mélanger la farine, les œufs, le lait, le fromage de chèvre et l'assaisonnement puis verser dans un plat allant au four.

Parsemer avec les pignons de pin et enfourner pour 40min.

Lorsque la quiche est cuite, mettre 1 petit filet de miel dessus et déguster!

NOTES
Mais quel kiff une quiche sans devoir faire la pâte...pour les jours de flemme!

MOELLEUX CHORIZO ET MOZZARELLA

135kcal / part

QUANTITE: X10 PREPARATION : 10MIN CUISSON : 30MIN

INGREDIENTS

250g de fromage blanc 0%
3 œufs
155g de farine
30g chorizo en petits morceaux
125g de Mozzarella en petits morceaux
1 sachet de levure chimique
Sel / poivre / herbes de Provence

PREPARATION

Dans un saladier battre les oeufs avec le fromage blanc, le sel, le poivre et les herbes de Provence jusqu'à obtenir une préparation homogène

Ajouter la farine et la levure et bien mélanger

Incorporer le chorizo et la mozzarella

Puis verser la préparation dans un plat allant au four et enfourner pour 30min.

NOTES
Une recette à décliner à l'infini et à garder précieusement!

ONE-POT-PASTA POULET SAUCE ALFREDO

322kcal / personne

QUANTITE : X4 PREPARATION : 10MIN CUISSON : 20MIN

INGREDIENTS

360g d'escalopes de poulet
140g de pâtes crues
1cs d'huile d'olive
2 gousses d'ail émincées
1 cube de bouillon dilué dans 500ml d'eau bouillante
20cl de crème à 4%
20g de parmesan rapé
Sel, poivre et persil

PREPARATION

Dans une sauteuse faire chauffer l'huile puis faire revenir le poulet coupé en petits morceaux jusqu'à ce qu'ils soient bien dorés puis rajouter l'ail.

Après quelques minutes rajouter le bouillon et la crème, bien mélanger puis rajouter les pâtes.

Faire bouillir puis mettre sur feu doux pendant 20min.

Vérifier la cuisson, lorsque c'est prêt rajouter le parmesan, sel, poivre, persil et servir aussitôt!

NOTES

On ne présente plus les One-Pot-Pasta tellement pratiques et rapides!

CAKE COURGETTES/ CHÈVRE/PIGNONS DE PIN

94kcal / tranche

QUANTITE: X12   PREPARATION : 5MIN   CUISSON : 30MIN

INGREDIENTS

145g de farine
1 sachet de levure chimique
3 œufs battus en omelette
100ml de lait écrémé
1cc d'huile
1 courgette coupée en petits morceaux
100g de chèvre frais
1cs d'épices du sud (origan...)
10g de pignons de pin
Sel et poivre

PREPARATION

Préchauffer le four à 180*

Dans un saladier mélanger la farine, la levure, le sel et le poivre.

Ajouter les œufs, le lait, l'huile, la courgette et le chèvre puis mettre dans un moule à cake.

Parsemer des pignons de pin puis enfourner 30min.

NOTES
Une belle recette facile et rapide comme on aime!

QUICHE LORRAINE

228kcal / personne

QUANTITE: X4   PREPARATION : 20MIN   CUISSON : 30MIN

INGREDIENTS

Pâte :
150g de farine
1 œuf
70g de Skyr (ou fromage blanc 0%)

Appareil :
3 œufs
1 barquette de lardons de poulet
300ml de lait écrémé
Sel / poivre / muscade

PREPARATION

Préchauffer le four à 180*

Preparer la pâte en mélangeant la farine, l'oeuf et le skyr puis former une boule. Étaler sur du papier sulfurisé puis mettre dans un moule à tarte.

Faire revenir les lardons à la poêle sans matière grasse.

Préparer l'appareil en mélangeant les œufs, le lait, assaisonner puis mettre les lardons.

Verser cette préparation sur le fond de tarte puis faire cuire 30min.
Laisser refroidir avant de déguster!

NOTES
Voici ma revisite de la célèbre quiche mais version légère et gourmande!

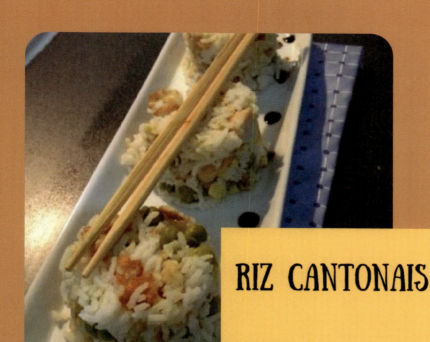

RIZ CANTONAIS

300kcal / Personne

QUANTITE: X4 PREPARATION : 5MIN CUISSON : 15MIN

INGREDIENTS

300g de blanc de poulet
400g de riz cuit
3 oeufs
100g de petits pois
1cc d'huile
sel / poivre

PREPARATION

Couper le poulet en tres fine lamelles et le faire revenir a la poele sans mg.

Pendant ce temps, battre les oeufs en omelette avec l'huile, le sel et le poivre.

Verser ce melange dans une poele anti-adhesive et faire cuire quelque minutes.

Retirer l'omelette de la poele et la couper en petits bouts.

Lorsque le poulet est cuit, dans la meme poele ajouter le riz, l'omelette et les petits pois. Melanger et poursuivre la cuisson 5 min...et voila!

NOTES
Vous allez adorer cette recette hyper rapide idéale pour le soir!

CRUMBLE DE BUTTERNUT AU BACON ET OIGNONS

317kcal / personne

QUANTITE: X4   PREPARATION : 10MIN   CUISSON : 20MIN

INGREDIENTS

1 courge butternut (environ 2kg)
1 cube de bouillon de volaille dilué dans 100ml d'eau bouillante
75g d'allumettes de bacon
1 oignon émincé
1 gousse d'ail émincée
2cc d'huile d'olive
65g de farine
30g de beurre coupé en petits morceaux
30g de parmesan râpé
Sel / poivre

PREPARATION

Préchauffer le four a 180*

Enlever la peau de la butternut, la couper en morceaux et la faire cuire à la vapeur environ 20min puis l'écraser à la fourchette et la mélanger avec le bouillon de volaille, saler et poivrer légèrement.

Pendant ce temps faire chauffer l'huile, faire revenir l'oignon et l'ail jusqu'à ce qu'ils soient dorés puis ajouter les allumettes de bacon et laisser cuire à feu doux 5min.

Préparer la pâte à crumble en melangent dans une assiette Creuse la farine, le beurre et le parmesan jusqu'à obtention d'unebtexture sableuse.

Dans un plat allant au four mettre la purée de butternut au fond, recouverte du mélange oignon/bacon puis parsemer la pâte à crumble et enfourner pour 25min.

NOTES

Un vrai délice que ce petit crumble…on mange des légumes ni vu ni connu!

PARMENTIER DE SAUMON FROMAGE AIL ET FINES HERBES

298kcal / personne

QUANTITE: X2   PREPARATION : 10MIN   CUISSON : 10MIN

INGREDIENTS

130g de pavé de saumon
70g de fromage ail et fines herbes
250g de pommes de terre cuites
Sel / poivre

PREPARATION

Détailler le saumon en petits morceaux et les faire revenir a la poêle.

Pendant ce temps, faire fondre le fromage ail et fines herbes 20 secondes au micro-ondes environ (à vous d'ajuster selon votre four) et réduire les pommes de terre en purée.

Lorsque le saumon est cuit, le mettre sur la purée et verser la sauce au dessus...c'est prêt!

NOTES
Nous nous régalons régulièrement avec cette recette originale!

FRITTATA FETA/POIVRONS/PESTO ROSSO

176kcal / personne

QUANTITE: X6   PREPARATION : 15MIN   CUISSON : 30MIN

INGREDIENTS

600g de pommes de terre cuites
1 poivron rouge ou jaune en morceaux
1 oignon émincé
1 gousse d'ail émincée
1cs d'huile d'olive
20g de Pesto Rosso
4 œufs
30g de féta émiettée
Sel / poivre

PREPARATION

Préchauffer le four à 180*

Faire chauffer l'huile dans une poêle puis faire dorer l'oignon et l'ail puis le poivron à feu doux jusqu'à ce qu'il soit tendre.

Battre les œufs en omelette puis mettre les pommes de terre, le mélange poivron/oignon/aille Pesto, la feta, assaisonner puis verser dans un plat et enfourner environ 30min.

Laisser refroidir avant de déguster!

NOTES
Un petit air d'Espagne avec cette frittata revisitée!

POULET AU CHORIZO

323kcal / personne

QUANTITE: X4   PREPARATION : 20MIN   CUISSON : 15MIN

INGREDIENTS

360g de blanc de poulet
200g de champignons de Paris
1 oignon
1cs d'huile d'olive
50g de chorizo
400g de pommes de terre
25cl de vin blanc
1cs rase d'origan seche
10g de farine
1/2cc de piment en poudre (optionnel)
1 cube de bouillon
sel et poivre

PREPARATION

Tout d'abord faire cuire les pdt en morceaux à l'eau.
Faire chauffer l'huile dans une poele et faire revenir le poulet et le chorizo coupes en morceaux
Lorsqu'ils sont dores, les reserver sur une assiette et faire revenir les oignon les champignons dans la meme huile.
Lorsqu'ils sont dores, saupoudrer de farine et d'origan puis verser le vin blanc et bien melanger.
Remettre le poulet et le chorizo et ajouter 25cl d'eau ainsi que le cube de bouillon.
Mélanger, saupoudrer le piment et laisser cuire a feu doux environ 15min.
Lorsque c'est prêt, mélanger avec les pdt et servir aussitôt!!

NOTES
S'il y a une recette que vous adorez c'est celle-ci sans aucun doute!

PANCAKE GEANT AU BACON

255kcal

| QUANTITE: X1 | PREPARATION : 5MIN | CUISSON : 10MIN |

INGREDIENTS

- 1 blanc d'oeuf (ou 1 oeuf)
- 35g de farine
- 70g de Skyr (ou fromage blanc 0%)
- Sel / poivre
- 2 tranches de bacon
- 15g de fromage de chèvre

PREPARATION

Huiler une petite poêle à pancake (ou petite poêle) avec un sopalin imbibé d'huile et faire chauffer à feu très doux

Dans un bol mélanger le blanc d'oeuf, la farine, le Skyr et l'assaisonnement.

Dans la poêle chaude verser la moitié de la préparation et laisser cuire environ 5min puis mettre le bacon, le chèvre et recouvrir avec l'autre moitié de préparation.

Laisser cuire encore 5min (vérifier si le dessous est doré) puis retourner le pancake et faire cuire l'autre côté environ 5min.

NOTES
Alors là on peut difficilement faire plus facile et rapide comme repas!

BOWLCAKE FACON CROQUE-MONSIEUR

268kcal

QUANTITE: 1   PREPARATION : 5MIN   CUISSON : 3MIN

INGREDIENTS

25g de semoule fine
1 blanc d'oeuf
100g de Skyr (ou fromage blanc 0%)
Sel / poivre / herbes de Provence
1 tranche de jambon
1 toastinette

PREPARATION

Dans petit plat individuel mélanger la semoule avec le blanc d'oeuf, le Skyr et l'assaisonnement puis faire cuire 3min au micro ondes (ajuster le temps de cuisson selin votre four)

Quand il est cuit mettre la toastinette dessus pour qu'elle fonde, le laisser refroidir un peu et le couper en 2 pour mettre le jambon dedans....voila c'est prêt!

* A manger accompagné d'une grosse portion de légumes *

NOTES
Parce que les bowlcakes salés sont une excellente idée pour un déjeuner sain et équilibré!

FALAFELS A LA PATATE DOUCE

63kcal / falafel

QUANTITE: 12   PREPARATION : 25MIN   CUISSON : 20MIN

INGREDIENTS

250g de patate douce coupée en morceaux
120g de farine de pois chiches (ou pois chiches cuits mixés)
1 œuf
Le jus d'1/2 citron
Sel / poivre / cumin (selon goûts)
Graines de sezame (facultatif)

PREPARATION

Faire cuire la patate douce à la vapeur ou à la cocotte jusqu'à ce qu'elle soit tendre (environ 20min pour moi)
Préchauffer le four a 180*
Mettre les morceaux de patate douce dans un saladier et l'écraser à la four cette jusqu'à ce que ça soit bien lisse puis incorporer l'oeuf et bien mélanger.
Ajouter la farine de pois chiches (ou pois chiches mixés), le jus de citron, le sel, le poivre, le cumin et les graines de sésame et mélanger jusqu'à obtention d'une pâte homogène.
Mettre du papier sulfurisé sur une plaque allant au four.
Huiler ses mains et prendre un peu de pâte, former un falafels et le mettre sur le papier sulfurisé.
Renouveler l'opération jusqu'à ce qu'il n'y ai plus de pâte et enfourner pendant 20min.

NOTES
Ces petits falafels seront parfaits accompagnés d'une belle portion de légumes!

VELOUTE DE BUTTERNUT AUX LENTILLES CORAIL

242 Calories/Personne

QUANTITE : 4   PREPARATION : 15MIN   CUISSON : 25MIN

INGREDIENTS

500g de courge Butternut
125g de lentilles corail sèches
1 oignon
1 gousse d'ail
1cs d'huile d'olive
200ml de lait de coco light
1 cube de bouillon
1 litre d'eau (environ)
Sel / Poivre / mélange de graines / 1cc de curry

PREPARATION

Dans une sauteuse faire chauffer l'huile puis faire revenir l'oignon et l'ail émincés avec le curry jusqu'à ce qu'ils soient dorés. Ajouter la courge coupée en morceaux et bien mélanger pour l'enrober.

Mettre le bouillon cube, les lentilles sèches et couvrir d'eau à niveau. Couvrir et laissez cuire environ 25min (jusqu'à ce que la courge soit bien fondante)

Une fois la cuisson terminée ajouter le lait de coco, l'assaisonnement et mixer le tout assez longuement de façon à obtenir un velouté bien homogène.

Répartir les graines sur le dessus du velouté dans chaque assiette et déguster aussitôt!

NOTES
Voici un délicieux velouté qui sera parfait pour vous réchauffer l'hiver!

COURGIFLETTE

286 Kcal / Personne

QUANTITE: 4   PREPARATION : 25MIN   CUISSON : 15MIN

INGREDIENTS

1 courge d'environ 2kg (potiron / potimarron / Buttenut)
100g de Merzer
100ml de crème légère 4%MG
1 oignon
1 gousse d'ail
1cs d'huile d'olive
1 barquette de lardons de volaille soit 75g
Sel et poivre

PREPARATION

Éplucher la courge, la couper en morceaux et la faire cuire à la vapeur environ 20min.

Dans une sauteuse faire chauffer l'huile puis faire dorer l'oignon et l'ail émincés avec les lardons jusqu'à ce qu'ils soient dorés.

Préchauffer le four à 180°

Lorsqu'elle est cuite, mettre la courge dans un saladier et mélanger avec la crème, le mélange oignon/ail/lardons et l'assaisonnement puis mettre dans un plat allant au four.

Couper le Merzer et le répartir sur le dessus avant d'enfourner pour 15min environ (le temps que le fromage ai fondu)
(Accompagner d'une portion de féculents)

NOTES
Une délicieuse façon d'apprécier les courgettes!

NAANS AU FROMAGE

151kcal / Naan

QUANTITE: 6   PREPARATION : 30MIN   CUISSON : 30MIN

INGREDIENTS

- 200g de farine
- 1 yaourt
- 1/2 sachet de levure
- Sel
- 6 Vaches qui Rit légères

PREPARATION

Dans un saladier mélanger la farine avec le yaourt et le sel puis former une boule et laisser la reposer 30min.

Couper la boule de pâte en 6 parts égales, les aplatir au rouleau à pâtisserie puis mettre 1 Vache qui Rit dans chaque et refermer les bords en les soudant avec les doigts.

Les mettre à cuire dans une poêle sans matière Grasse jusqu'à ce qu'ils soient dorés puis servir aussitôt!

NOTES
A faire et refaire sans hésiter accompagnés d'une belle portion de légumes!

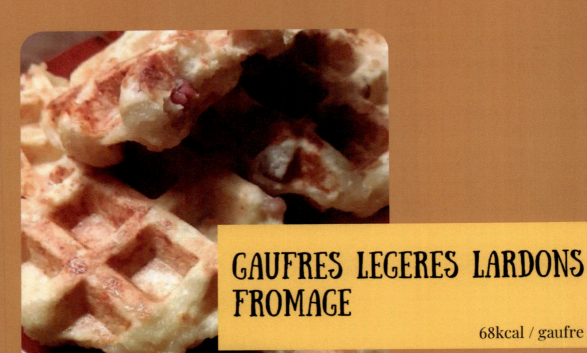

GAUFRES LEGERES LARDONS FROMAGE

68kcal / gaufre

QUANTITE: 12   PREPARATION : 5MIN   CUISSON : 30MIN

INGREDIENTS

250g de pommes de terre en puree
50g de farine
1 œuf
1 pincée de levure
140ml de lait demi écrémé
1 barquette de lardons de poulet
30g de fromage rapé
Sel / poivre

PREPARATION

Dans un saladier mélanger la purée avec la farine, l'oeuf, la levure, le lait, les lardons, le fromage râpé et l'assaisonnement jusqu'à obtention d'une préparation bien homogène

Prélever 1 grosse cuillère à soupe de préparation par gaufre et mettre dans l'appareil et faire cuire environ 5min puis les retourner et continuer la cuisson encore 1min environ

Répéter l'opération jusqu'à épuisement de la préparation

NOTES
Idéal pour un repas du soir facile et rapide...on n'oublie pas les légumes!

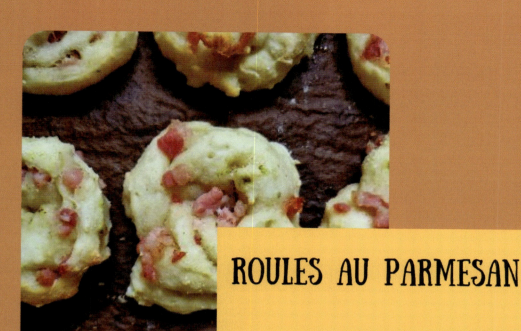

ROULES AU PARMESAN

90 Calories / Roulé

QUANTITE: 15   PREPARATION : 10MIN   CUISSON : 20MIN

INGREDIENTS

250g de farine
300g de fromage blanc 3%MG
1/2 sachet de levure chimique
75g de lardons de volaille coupés fins
35g de parmesan
Sel/poivre/Secrets Arômes Plein Sud

PREPARATION

Préchauffer le four à 180°.

Dans une poêle faire griller les lardons sans matières grasses

Dans un saladier mélanger la farine avec la levure et l'assaisonnement puis incorporer le fromage blanc avec les lardons cuits et le parmesan. Bien mélanger à la main jusqu'à obtention d'une pâte homogène

Prélever environ 1cs de pâte par roulé et la déposer sur la plaque du four recouverte de papier sulfurisé. Répéter jusqu'à épuisement de la pâte

Enfourner pour 15/20min (vérifier et ajuster selon votre four)

NOTES
Voici comment régaler vos invités avec une recette ni vu ni connu avec une recette légère!

BLANQUETTE DE POISSON

248 Calories /Personne

QUANTITE: 4   PREPARATION : 30MIN   CUISSON : 30MIN

INGREDIENTS

- 400g de cabillaud (ou autre poisson blanc)
- 400g de carottes
- 2 poireaux
- 400g de pommes de terre
- 1 boîte de champignons de paris (250g)
- 1 oignon
- 1 cube de bouillon
- 2cs de Maizena
- 1cs de moutarde
- Sel / poivre
- 1cc d'huile

PREPARATION

Eplucher les carottes et les pommes de terre, et les couper en rondelles ainsi que les poireaux

Porter à ébullition une casserole d'eau avec le bouillon cube et les mettre tous à cuire dedans pendant environ 20min (jusqu'à ce que les pdt soient fondantes)

Pendant ce temps faire chauffer l'huile dans une poêle et faire revenir l'oignon émincé avec les champignons de paris environ 5/10min (ajouter un peu d'eau en cours de cuisson si nécessaire)

Quand les légumes sont cuits les égoutter et garder environ 500ml de bouillon pour la sauce.

Bien mélanger la Maizena avec une petite quantité d'eau froide jusqu'à dissolution complète puis la verser dans le bouillon en mélangeant jusqu'à épaississement de la sauce et à la consistance souhaitée (vous pouvez rajouter un peu de Maizena pour épaissir)

Mettre la moutarde, l'assaisonnement et bien mélanger la sauce

Faire cuire le cabillaud 8 min dans une casserole d'eau bouillante

Dans chaque assiette, mettre le mélange de légumes, le poisson et napper avec la sauce de la blanquette...c'est prêt!

NOTES
Une petite tuerie que cette délicieuse recette au poisson réconfortante!

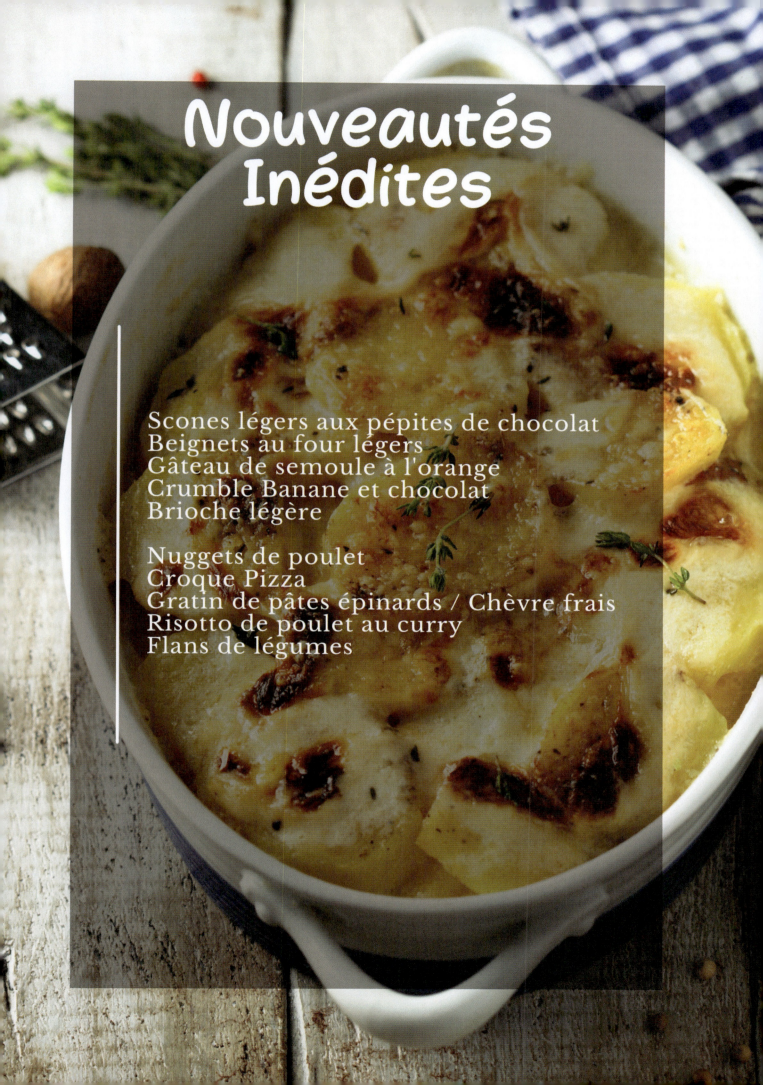

Nouveautés Inédites

Scones légers aux pépites de chocolat
Beignets au four légers
Gâteau de semoule à l'orange
Crumble Banane et chocolat
Brioche légère

Nuggets de poulet
Croque Pizza
Gratin de pâtes épinards / Chèvre frais
Risotto de poulet au curry
Flans de légumes

SCONES LEGERS AUX PEPITES DE CHOCOLAT

139 Calories /Scone

QUANTITE: 6   PREPARATION : 10MIN   CUISSON : 13MIN

INGREDIENTS

125g de farine
2cc de beurre doux
1cs de levure chimique
2cs de fromage blanc 3%MG
1 oeuf
1 petite pincée de sel
20g de sucre
20g de pépites de chocolat

PRÉPARATION

Préchauffer le four à 180°

Dans un saladier mélanger la farine avec la levure, le sel et le sucre

Dans un bol battre l'oeuf et le mélanger avec le fromage blanc puis incorporer cette préparation à la farine avec le beurre en pommade. Ajouter les pépites de chocolat et malaxer jusqu'à obtention d'une boule de pâte homogène

L'étaler en rond de 2cm d'épaisseur et environ 20cm de diamètre sur la plaque du four recouverte de papier sulfurisé

Enfourner pour 13min (ajuster selon votre propre four, le dessus devant être légèrement doré)

NOTES
Si vous ne connaissez pas les scones c'est l'occasion de les découvrir!

BEIGNETS AU FOUR LEGERS

130 Calories / Beignet

QUANTITE: 12   PREPARATION : 2H30   CUISSON : 15MIN

INGREDIENTS

300g de farine
120ml de lait demi-écrémé
1 sachet de levure boulangère sèche
35g de sucre
1 oeuf
30g de beurre
1cc d'extrait de vanille
1 petite pincée de sel

PREPARATION

Dans un bol fouetter 2cs de lait avec la levure

Dans une casserole faire chauffer doucement le reste de lait avec le beurre, la vanille et le sucre. Eteindre le feu puis ajouter le mélange lait/levure et l'oeuf et bien mélanger.

Dans un saladier mélanger la farine avec le sel puis incorporer le mélanger liquide et pétrir jusqu'à obtention d'une pâte homogène et non collante. Laisser la pâte pousser pendant 1h30 recouverte d'un torchon

Dégazer la pâte et l'abaisser sur 2cm. Faire des empruntes à l'emporte-pièce et les disposer sur la plaque du four recouverte de papier sulfurisé. Recouvrir d'un torchon et laisser de nouveau pousser 1h

Allumer le four à 180° et enfourner 15min
Vous pouvez les garnir d'une pincée de sucre avant de les déguster!

NOTES
Point besoin de friture à l'huile pour obtenir de délicieux beignets!

GATEAU DE SEMOULE A L'ORANGE

133 Calories /Part

QUANTITE: 3   PREPARATION : 5MIN   CUISSON : 30MIN

INGREDIENTS

- 100g de semoule fine crue
- 3 oeufs
- 2 yaourts nature
- 25ml de sirop d'agave
- 1 sachet de levure chimique
- Le zeste d'une orange

PREPARATION

Préchauffer le four à 180°

Dans un saladier battre les oeufs avec les yaourts, le sirop d'agave puis mélanger avec la semoule et la levure jusqu'à obtention d'une préparation homogène

Répartir la préparation dans 6 empreintes en silicone ou à muffin légèrement huilées et enfourner pour 30min

Laisser refroidir avant de déguster.

NOTES
Un petit délice qui accompagnera à merveille votre boisson chaude du goûter!

CRUMBLE BANANE ET CHOCOLAT

198 Calories / Crumble

QUANTITE : 4   PREPARATION : 5MIN   CUISSON :15MIN

INGREDIENTS

4 bananes
4 carrés de chocolat noir
50g de farine
20g de beurre
10g de sucre

PREPARATION

Préchauffer le four à 180°

Préparer 4 ramequins et mettre 1 banane coupée en rondelles et 1 carré de chocolat coupé en petits morceaux à l'aide d'un couteau dans chaque

Dans une assiette creuse préparer la pâte à crumble en mélangeant avec les doigts la farine, le beurre et le sucre jusqu'à obtention d'une préparation bien homogène et sableuse

Répartir la pâte à crumble dans les 4 ramequins puis enfourner 15min (jusqu'à ce que le dessus soit doré)

NOTES
Une petite tuerie que cette délicieuse recette !

BRIOCHE LEGERE

134 Calories / Tranche

QUANTITE: 14   PREPARATION : 1H30MIN   CUISSON : 15MIN

INGREDIENTS

400g de farine
250g de compote de pommes
20ml de lait demi-écrémé
1 sachet de levure boulangère sèche
1 oeuf + 2 jaunes
2cc de vanille liquide
20g de sucre
1 petite pincée de sel

PREPARATION

Faire légèrement tiédir le lait dans un bol et délayer la levure dedans avec un fouet puis laisser reposer 5min. Ajouter la compote, l'oeuf, les jaunes, la vanille et bien mélanger jusqu'à obtention d'une texture homogène

Dans un saladier mettre la farine, la levure, le sucre et le sel et bien mélanger. Incorporer le mélange liquide et malaxer avec les mains jusqu'à obtention d'une boule de pâte et la mettre à pousser 1h dans le four à 70°

Diviser la pâte en 6 pâtons et les mettre dans un moule à cake, recouvrir d'un torchon propre et laisser encore pousser 30min

Préchaufer le four à 180°, badigeonner le dessus de la brioche avec un peu de lait et enfourner pour 15min (ajuster selon vote propre four)

Laisser refroidir avant de déguster

NOTES
Idéale pour un gourmand avec une boisson chaude et un fruit!

NUGGETS DE POULET

315 Calories /Personne

QUANTITE: 4   PREPARATION : 5MIN   CUISSON : 30MIN

INGREDIENTS

500g d'escalope de poulet
2 oeufs
2cs bombées de farine
4cs bombées de chapelure
1cc de paprika
1cs d'huile
Sel / poivre

PREPARATION

Dans 3 bols disposer : les oeufs battus, la farine et la chapelure. Couper le poulet en gros morceaux (comme des nuggets)

Faire chauffer l'huile dans une poêle

Tremper chaque morceau de poulet dans les oeufs battus puis les rouler dans la farine et dans la chapelure

Mettre les nuggets à cuire dans la poêle à feu moyen environ 5min puis les retourner et faire cuire l'autre côté environ 2min (jusqu'à ce qu'ils soient dorés)

Répéter l'opération jusqu'à épuisement des ingrédients

NOTES
On n'oublie pas d'accompagner ces nuggets d'une belle portion de légumes au choix!

CROQUE FACON PIZZA

362 Calories

QUANTITE: 1   PREPARATION : 5MIN   CUISSON : 5MIN

INGREDIENTS

2 grandes tranches de pain de mie sans croûte

1cs bombée de concentré de tomates

3 tranches de bacon

15g de fromage râpé

Sel / poivre

PREPARATION

Faire chauffer une poêle sans matières grasses

Etaler le concentré de tomates sur une des tranches de pain de mie, puis mettre le bacon, le fromage, saler et poivrer légèrement puis mettre l'autre tranche de pain de mie sur le dessus

Mettre dans la poêle à feu doux, couvrir et laisser dorer environ 5min (ajuster selon votre goût)

Retourner le croque et faire cuire l'autre côté encore 5min et Déguster!

NOTES
Une petite tuerie que cette délicieuse recette au poisson réconfortante!

GRATIN DE PATES EPINARDS ET CHEVRE FRAIS

346 Calories /Personne

QUANTITE: 4   PREPARATION : 15MIN   CUISSON : 15MIN

INGREDIENTS

200g de spaghetti crues
1 boîte d'épinards cuits de 265g
1cs d'huile
1 oignon
1 gousse d'ail
200g de chèvre frais
Sel / poivre

PREPARATION

Faire chauffer l'huile dans une sauteuse puis faire revenir l'oignon et l'ail émincés jusqu'à ce qu'ils soient dorés. Ajouter les épinards, saler, poivrer et laisser cuire environ 15min

Pendant ce temps faire bouillir une grande quantité d'eau et faire cuire les pâtes comme indiqué sur le paquet

Mettre la moitié du chèvre frais dans les épinards cuits et bien mélanger. Ajouter cette préparation aux pâtes cuites et égouttées, bien mélanger de façon à obtenir une préparation homogène et disposer dans un plat allant au four

Répartir l'autre moitié du chèvre frais sur le dessus, saupoudrer éventuellement d'herbes de Provence et enfourner pour 15min à 180° (juste le temps de faire fondre le fromage de chèvre)

NOTES
Voici un plat végétarien bien complet idéal pour le soir!

RISOTTO DE POULET AU CURRY

323 Calories /Personne

QUANTITE: 4   PREPARATION : 10MIN   CUISSON : 30MIN

INGREDIENTS

- 200g de riz rond spécial risotto
- 400g d'escalopes de poulet
- 1 oignon
- 1 gousse d'ail
- 1cs d'huile
- 1 litre de bouillon de volaille
- 200ml de vin blanc sec
- 1 ou 2cs de curry en poudre
- Sel / poivre

PREPARATION

Faire chauffer l'huile dans une sauteuse puis faire cuire l'oignon et l'ail émincés jusqu'à ce qu'ils soient dorés puis ajouter le curry et l'assaisonnement

Ajouter le poulet coupé en petits morceaux, et le laisser dorer en mélangeant régulièrement

Ajouter le riz cru et bien enrober le poulet avec. Mettre le vin blanc, mélanger et le laisser évaporer

Ajouter 1 louche de bouillon de volaille, mélanger et laisser le liquide s'évaporer...puis recommencer jusqu'à épuisement du bouillon et que le risotto soit cuit

Ajuster l'assaisonnement si nécessaire

NOTES
On voyage avec ce délicieux risotto...accompagné d'un velouté de légumes il est parfait!

FLANS AUX COURGETTES

88 Calories /Personne

QUANTITE: 9   PREPARATION : 15MIN   CUISSON : 20MIN

INGREDIENTS

200g de fromage blanc 3%MG
1 oignon
1 gousse d'ail
1cs d'huile
2 courgettes
4 oeufs
20g de fromage râpé
Sel / poivre / herbes de Provence ou Arôme Plein Sud

PREPARATION

Faire chauffer l'huile dans une sauteuse et faire revenir l'oignon et l'ail émincés jusqu'à ce qu'ils soient dorés puis ajouter les courgettes coupées en petits morceaux

Dans un saladier battre les oeufs avec le fromage blanc, puis ajouter le fromage blanc, le fromage râpé et l'assaisonnement

Incorporer le mélange oignon/ail/courgette et bien mélanger de façon à obtenir une préparation homogène

Préchauffer le four à 180°

Répartir cette préparation dans des empreintes en silicone ou légèrement huilées à l'aide d'un pinceau de cuisine imbibé
d'huile et enfourner pour 20min (ajuster selon votre propre four)

NOTES
Cette recette est déclinable avec plein d'autres légumes...à vous de jouer!

Petit-Déjeuner

Bowlcake façon Kinder Bueno
1 Grande boisson chaude
+ 1 fruit (facultatif)

Déjeuner

Pancake géant au bacon
+ Salade composée à sasiété
1 yaourt + 1cc sucrant au choix

Collation

2 Minis muffins Banane fourrés choco
+ 1 Grande boisson chaude

Dîner

Quiche sans pâte Chèvre miel
+ Légumes au choix à satiété
1 yaourt + 1cc sucrant au choix

Petit-Déjeuner

1 part de Gâteau Healthy
+ 1 boisson chaude
+ 1 fruit

Déjeuner

1 Bowlcake façon Croque-Monsieur
+ Crudités au choix à satiété
+ 1 yaourt + 1cc sucrant au choix

Collation

1 Cookimou
+ 1 Grande boisson chaude
+ 1 fruit

Dîner

Parmentier de Saumon
+ Légumes au choix à sasiété
+ 1 yaourt + 1cc sucrant au choix

Petit-Déjeuner

1 Petit Pain moelleux
+ 1 Grande boisson chaude
+ 1 fruit (facultatif)

Déjeuner

Falafels à la patate douce
+ Salade composée à sasiété
1 yaourt + 1cc sucrant au choix

Collation

2 Cookies Gourmands
+ 1 Grande boisson chaude
+ 1 fruit (facultatif)

Dîner

Crumble potimarron
+ Légumes aux choix à satiété
+ 1 yaourt + 1cc sucrant au choix

❝ JE N'AI PAS LE TEMPS DE CUISINER OU FAIRE DU SPORT ❞

Toutes mes recettes sont légères, gourmandes, faciles et rapides…je t'invite à te poser et à faire ton propre menu hebdomadaire en piochant parmi les nombreuses recettes disponibles sur mon site.
Pour l'activité physique je t'invite à en trouver une qui te plaît et à te faire une place dans ton agenda pour y aller ou bien à l'inclure dans ton quotidien!

❝ JE N'ARRIVE PAS A REFUSER UNE INVITATION ❞

Personne ne te demande de refuser une invitation….il est important de conserver une vie sociale pour le moral! Mais pour avoir des résultats tu dois faire des choix : je t'invite à n'accepter qu'une seule invitation par semaine et à en faire ton Cheat Meal (repas plaisir) comme ça, aucune frustration!

❝ JE COMMENCE LUNDI! ❞

Tu peux bien évidemment décider de commencer en début de semaine mais prépare toi mentalement et dans la pratique sinon tu vas te réveiller lundi matin, ne pas savoir par quoi commencer et (sûrement retomber dans tes mauvaises habitudes)

> **C'EST TROP DIFFICILE**

Je ne vais pas te mentir, pour atteindre ton objectif tu auras besoin de détermination et d'organisation...mais tu peux y arriver sois en certaine! Avoir du soutien dans son rééquilibrage alimentaire est très important et c'est exactement ce que tu trouves dans notre merveilleuse communauté!

> **JE NE SAIS PAS COMMENT FAIRE UN REEQUILIBRAGE**

Cuisiner léger et gourmand
Arrêter de se torturer à compter
Pas d'industriel ni de grignotages
Faire un Cheat Meal / semaine
Boire 2 litres d'eau / jour
Faire une activité physique
Tout est dit!

> **MON SURPOIDS EST GENETIQUE JE N'Y PEUX RIEN!**

Seulement 2% des personnes en surpoids le sont à cause de la génétique...je t'invite à essayer d'ouvrir vraiment les yeux sur ton mode de vie et de regarder s'il est vraiment équilibré ?

" J'AI DEJA ESSAYE TOUS LES REGIMES...CA NE MARCHE PAS! "

Non je suis entièrement d'accord avec toi...les régimes ne marchent pas!
Justement, le but avec Petit Poids Gourmand est que tu réapprennes à manger normalement car on se fait plaisir à chaque repas! PPG ce n'est pas un régime mais un mode de vie...!

" J'AI DES JOURNEES DIFFICILE... J'AI BESOIN DE SUCRE "

Je comprends car à ce moment là tu as besoin d'un aliment "doudou" pour te réconforter... alors je t'invite à essayer de trouver des choses qui te font du bien et qui te font plaisir sans être alimentaires...poses-toi et dresse cette liste : cela ne te prendras que 5min mais te montrera que ton plaisir passe par bien d'autres choses !

" J'ATTENDS D'AVOIR LE DECLIC "

Malheureusement le déclic ne viendra jamais tout seul (ça serait trop facile!) et c'est à toi de te le donner...cela rejoint TA MOTIVATION...ton pourquoi...c'est ta vraie raison profonde pour laquelle tu veux perdre du poids...elle sera ton moteur et déterminera toutes les actions que tu vas mettre en oeuvre!

🙶 J'AI FAIM! 🙷

Ca tombe bien car c'est une saine maladie (humour!)
Manger équilibré ne veut pas dire se restreindre et ne manger que 3 feuilles de salade par repas, bien au contraire! C'est justement tout le contraire chez Petit Poids Gourmand! on se fait plaisir a chaque repas mais avec des recettes pensées et crées pour être mangées à tous les repas sans aucune culpabilité et sans frustration? On accompagne toujours ses repas de légumes à satiété!

🙶 BONUS : SOIS BIENVEILLANTE ENVERS TOI-MEME 🙷

Je sais O combien le chemin de la perte de poids peut être frustrant...mais n'oublie pas d'être bienveillante envers toi-même de la même façon que tu le serais avec une amie qui traverse ce que tu vis...nous sommes humaines et pas des robots!

🙶 NE LACHE PAS! 🙷

Un mauvais jour, un craquage ou des imprévus arrivent à tout le monde et c'est ok! Ne lâche pas ton rééquilibrage simplement parce qu'aujourd'hui n'a pas été parfait...il y aura toujours des obstacles sur ton chemin mais ton succès t'attend au bout alors retrousse tes manches et reprend l'équilibre dès le lendemain matin en gardant ta foi en toi!

J'espère que tu vas prendre autant de plaisir à déguster toutes ces délicieuses recettes que j'en ai eu à les créer pour toi!

Je serais ravie d'avoir ton retour, alors n'hésite pas à :
♡ Te prendre en photo avec ce livre (c'est fun!)
♡ Et/ou en faire une publication dans le groupe, afin de pouvoir aider les autres à ton tour
♡ Me laisser un gentil commentaire sur Amazon cela m'aiderait beaucoup (Merci d'avance!)

Si ce n'est pas déjà fait, je t'invite à me rejoindre sur mes réseaux !

Groupe Facebook Privé : Petit Poi(d)s Gourmand by Ambre
Instagram : @petitpoidsgourmand
Tiktok : @petitpoidsgourmands
Youtube : Petit Poids Gourmand

Retrouve tous mes livres sur Amazon ICI :

A très vite,
Ambre

LES RESSOURCES
PPG

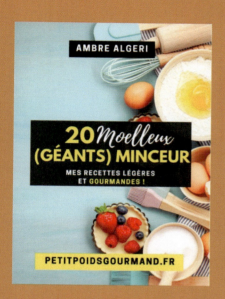

20 MOELLEUX GEANTS MINCEUR

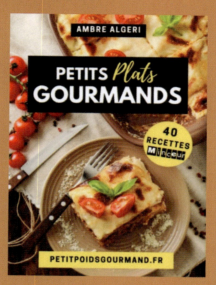

PETITS PLATS GOURMANDS

MON JOLI CARNET MINCEUR

40 RECETTES D'AUTOMNE

LES MAGAZINES MENSUELS PPG

MES 20 SECRETS POUR (ENFIN) MINCIR AVEC PLAISIR

Toutes les ressources sont disponibles sur :
petitpoidsgourmand.fr/laboutique

REMERCIEMENTS

Merci à vous tous!

Ma maman, plus fidèle fan qui m'a transmis le goût de la cuisine
Ma petite fille, testeuse officielle qui ne mâche pas ses mots

Mes lectrices qui ont cru en moi et qui m'ont permis de vivre cette merveilleuse aventure...

Un grand merci du fond du coeur!

MENTIONS LEGALES

Tous droits réservés. Toute reproduction ou utilisation de l'ouvrage sous quelque forme et par quelque moyen électronique, photocopie, enregistrement ou autre procédé que ce soit est strictement interdite.

Auteur / Editeur / Mise en page / Photographies :
© Ambre ALGERI, pour Petit Poi(d)s Gourmand, 2023
Couverture : Dragonfly Design
Dépôt Légal : Mars 2023
Achevé d'imprimer en Pologne

Printed by Amazon Italia Logistica S.r.l.
Torrazza Piemonte (TO), Italy